謹以此書
獻給我的
阿公、阿爸、阿母
還有在三合院裡
每一隻
陪我度過童年的動物朋友

犬貓興旺
富貴雙全
春滿乾坤福滿
天增歲月人增

浮世猫絵

貓小姐◎著

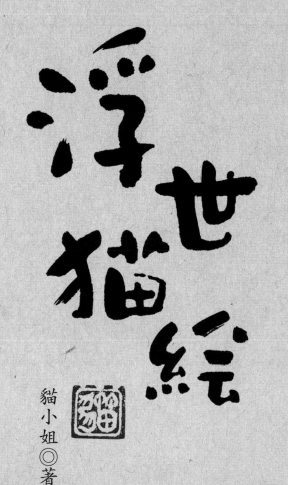

作者簡介

貓小姐

正業是文字工作者，不務正業時是畫貓人。
自幼結識貓朋狗友，喜歡用詼諧的手法，開貓的玩笑。
畫貓的最大目的，是把全人類同化為愛貓人；
畫貓的最大樂趣，是當你看到我的畫時，會噗哧一笑，
會想走進畫裡，和貓咪共享溫柔時光。

著有：《說貓的壞話》、《貓咪購物台》、《貓咪使用手冊》等三本圖文書（貓頭鷹出版）

目次

春之歌

貓天堂樂園……12
來去貓澡堂……14
青草巷……16
貓咪森林小學……18
生命中的老樹……20
賞櫻便當……22
櫻木貓道……24
貓早餐……26
阿貓師的流水席……28

夏之樂

夏天的蕎麥麵 …… 32
阿貓水果店 …… 34
冰鎮貓舌頭 …… 36
貓咪茶樓 …… 38
不開燈的圖書館 …… 40
貓咪航海工作室 …… 42
撈金魚 …… 44
樹屋小豪宅 …… 46
森林祕境 …… 48

秋之詩

貓的旅行大夢……52
森林裡的躲貓貓……54
野貓食堂……56
秋天進補……58
鮮魚癡漢……60
貓味噌……62
貓沙浴場……64
海洋貓神祭……66
貓咪棉被行……68

冬之旅

賞雪的日子……72
神祕貓湯……74
深夜的魚湯……76
磨爪工廠……78
睡覺時間……80
晒棉被的好日子……82
年貨大街……84
圍爐……86
新年禮物……88
後記……90

春之歌

貓天堂樂園

人類口中的鬼屋
對貓咪來說
是一個充滿幻想的樂園
也是組織家庭的溫暖所在

窗子破了幾面
正好方便玩突擊遊戲
屋頂塌了一角
正好當迎接陽光的天窗

春雨來的時候
叮叮咚咚　叮叮咚咚
哪兒也去不了
還好有我們的小窩
可以安心睡大覺
可以喝茶閒嗑牙
可以看蝸牛漫步

誰也不會來打擾
因為這裡是
人類最害怕的……
鬼屋

春之歌

來去貓澡堂

貓咪是洗澡專家
一只粉紅小舌頭
就能洗淨全身上下
不過他們一年會上一次貓澡堂
把冬天糾結的毛球
洗刷得順順暢暢

貓澡堂只在春天開放
引自聖貓山初融的第一道雪水
是一種神祕的洗澡體驗
雪水沖刷過的毛晶亮晶亮
神奇的是
貓毛不但不會吸附水分
反而更加蓬鬆乾爽

每隻上過貓澡堂的貓咪
又香又蓬　脫胎換骨
貓澡堂的預約
老早在一年前就排滿啦

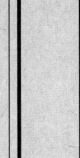

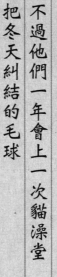

春之歌

青草巷

吃壞東西　去青草巷
精神不濟　去青草巷
想放鬆一下　更要去青草巷

各式貓草每天新鮮到貨
早點來買　上頭還帶著露珠
幾根下肚　元氣百倍
這可是貓祖先嘗百草的智慧

貓草店新來的工讀生
總是受不了木天蓼的誘惑
偷偷嘗一口
哎喲一整天暈陶陶
連帳都會算錯

至於那些老店員
對充滿誘惑的貓草味
早就老貓入定
忙著招呼客人試吃
還要不斷注意偷吃的店員
又躲到哪裡自嗨去

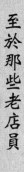

貓草

貓咪森林小學

家裡頭好安靜
因為小貓都去了森林小學
這是他們的第一堂課
教的是如何吃一條魚

從魚的身體構造
到如何運用牙齒和舌尖剔骨頭
期末作業就要繳交
一副剔得乾乾淨淨的魚骨頭

只是第一次到森林上課
對小貓來說是太大的誘惑
蜻蜓啊蝴蝶啊小花啊
還有飛不停的落葉
誰能專心呢

便當袋裡媽媽準備的便當
怎麼那麼香
離中午還有兩小時呢
還是先吃掉吧
至於魚骨頭怎麼剔
交給媽媽就好啦

How to eat a Fish?

生命中的老樹

每隻貓咪的生命中
都有一棵老樹
老貓咪對孫輩說故事
總是從一棵老樹說起

那是他們還年輕的時候
老樹包容他們一切的幼稚與瘋狂
在樹上盪鞦韆
在樹上惡作劇
在樹上認識新朋友
在樹上失去理智地戀愛

直到他們變成
再也爬不上老樹的老貓咪
樹下依然是
他們最愛乘涼的地方

春之歌

賞櫻便當

櫻花可以不賞
但一定要吃櫻花便當
老饕貓都知道
這是季節限定的好康

主菜有
吊掛在櫻花樹下
用春風和花瓣熏香的魚干
櫻花釀醃漬的蟹腳

主食是
內餡包上櫻花蝦
再撒上貓草碎的飯糰

小菜的種類可多了
香魚片　玉子燒　熏烤小魚乾

點心嘛
當然要吃櫻花糰子
貓掌揉捏得香Q帶勁
一口吞下
會有一整年的好運氣

春之歌

櫻木貓道

櫻花開了　關貓什麼事
貓兒其實並沒有賞櫻的風雅
不過櫻花開了　代表陽光暖了
陽光暖了　貓兒就來了

樹下早擠滿了附庸風雅的貓
半瞇著眼　搖頭晃腦
一隻隻文人雅士的貓模樣
只是這光景太溫柔美好
怎能浪費在吟詩作對上

櫻花樹上　櫻花樹下
大家喬好了位置
呼嚕　呼嚕　呼嚕　呼嚕
貓的睡眠大合唱
就是最美妙的春天詩歌

花瓣紛飛

呼嚕聲聲響

貓早餐

叮咚叮咚
好吃的貓醬菜來了
噹啷噹啷
香濃的貓麵茶來了

嚴格來說
貓是不吃早餐的
誰想犧牲寶貴的睡眠時間呢

不過那些家有未成年貓的媽媽們
總是一大早就被孩子的吸奶聲吵醒
索性起床去喝碗貓麵茶吧

貓醬菜老闆最大方
每天都換新菜色
歡迎試吃　不好吃免錢

貓麵茶最暖胃
喝上一碗能助眠
剛好回去睡個香甜的回籠覺

春眠不覺曉

慵懶貓長

阿貓師的流水席

貓的婚禮
當然要請總鋪師來辦
三天三夜的流水席
桌桌客滿

貓新郎是第五次結婚
貓新娘是第二次
他們各自的小孩
還有前夫、前前夫
前妻、前前妻、前前前……妻
都在宴席中
誰也不在意他們曾經是情敵

總鋪師端出來的菜
從來不會完整
因為他必須嘗嘗味道
因此他的鮪魚肚總是裝滿鮪魚

這一天婚禮上
又有誰和誰看上眼了
春天一場又一場的婚禮
總鋪師還有得忙呢

春之歌

夏之樂

夏天的蕎麥麵

貓媽媽說要吃涼麵的這天
大貓小貓都乖乖待在家
這可是夏日限定的魚香蕎麥麵

對小貓來說
麵條太有魅力
吃下肚是食物
掉下來是玩具

魚香蕎麥麵香氣太誘人
哪家今天吃麵條
方圓百里的鄰居都會知道

聞香而來的鄰家小貓
抓破紙窗偷窺
眼巴巴望著別人大快朵頤
會不會有麵條掉下來沒被發現呢
他很有耐心的
在窗邊等著等著……

夏之樂

阿貓水果店

阿貓水果店
有很多不支薪的工讀生
他們爭先恐後來面試
自願為老闆服務
為的是一只又一只
睡到飽的紙箱

櫻桃口味　芒果口味　西瓜口味
小顆粒　中顆粒　大顆粒
堆滿水果的箱子裡
擠得喵啊渾身舒暢

五顆八十元　一斤三十元
吆喝著吆喝著
一不留神就瞇瞇眼
打盹的打盹
發呆的發呆
哪兒找這麼舒適的活兒

夏之樂

冰鎮貓舌頭

貓咪禮儀有教過
貓舌頭不能像狗狗
老是晾在外頭

可是夏天啊
悶得貓兒好難受
尤其理完一身毛髮後
誰都想冰鎮一下舌頭

貓咪冰店
提供五顏六色的冰鎮服務
最受歡迎的藍色海洋口味
總是一大早就被搶光
貓草口味也廣受貓咪喜愛

至於那些奇特的
蟑螂口味壁虎口味
是給有特殊嗜好的貓咪
據說飽含膠原蛋白的壁虎口味
可是美魔貓的最愛

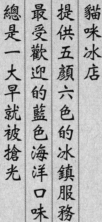

夏之樂

貓咪茶樓

春天賞櫻　夏天觀荷
花開得美不美不是重點
重要的是有美味的茶點
和引人入勝的八卦

點荷花套餐一份
附贈小舟遊湖一圈

無名氏貓云
蓮葉荷田田　魚戲蓮葉間
貓爪癢難耐　出掌翻船險

夏天的貓咪茶樓總是高朋滿座
茶樓二十四小時營業
預約從清晨排到深夜

夜晚時段最受歡迎
因為除了賞夜荷
還有讓貓咪兩眼發直的螢火蟲
雖然老闆規定不許動手
還是有一堆貓掉進水裡出糗

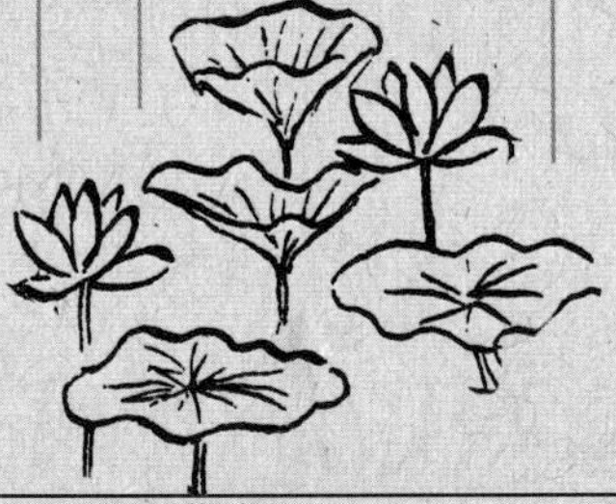

夏之樂

不開燈的圖書館

貓咪圖書館
除了幾盞昏黃小燈
藏書庫總是不見天日

貓讀書是不開燈的
愈是烏漆抹黑
瞳孔愈是圓亮

夏天的圖書館
來了一堆想吹冷氣
卻不一定想讀書的貓
暗如迷宮的空間
不玩躲貓貓簡直浪費

也有來找顏如玉的公貓
拿著書本半天不翻一頁
眼神卻到處飄啊飄

圖書館員一天只巡視一次
因為多半的時間
他們都躲在書堆裡睡覺

夏之樂

貓咪航海工作室

要進航海工作室的貓咪
得有遍及五大洲的航行經驗
對全世界的漁獲版圖
還有洋流的季節變化
瞭若貓掌

這關係著每年魚市場的交易量
還有貓咪全年度的幸福指數

每年夏末
工作室擠滿興致勃勃的貓水手
繪製今年的航海路線圖
那些預估漁獲量最多的航點
常常滴滿工作人員的口水

想著一路鮮魚吃到飽的航程
貓水手等不及要出發了

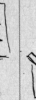

夏之樂

撈金魚

夜市撈金魚
是最受小貓歡迎的遊戲
他們抓魚的技巧還很差
老闆大把銅板賺得笑哈哈

不過他得看緊
嚴防小貓不守規距
撲通一聲下水抓魚

養魚水每隔兩小時就得補充一次
因為帶著魚腥味的水
對貓有著難擋的魅力
有時老闆也忍不住喝上兩口

對小貓而言
撈金魚最大的驚奇
是沒撈到魚卻抓到螃蟹章魚
這些張牙舞爪的小東西
常氣呼呼夾住他們的鬍鬚
不過　大家都只想看戲
可不想當那個倒霉鬼

夏之樂

樹屋小豪宅

有些貓咪
喜歡整天窩在樹上
吃飯睡覺玩遊戲
安全無慮又有趣

貓建商於是蓋起貓咪樹屋
廣告文宣寫著冬暖夏涼又牢固
最吸引人的文案是
挑高五米　保證狗仔拍不到

貓樹屋的屋型有
我愛紅娘交友套房
提供單身貓咪認識朋友的機會
還有單親媽媽親子房
門禁森嚴　拒絕公貓騷擾

每棵樹形都經嚴選
樹皮要耐磨（好磨爪）
枝葉要濃密（躲貓貓）
地段要精華（緊鄰魚市場）
樹屋豪宅每季推出
都引起一陣搶購熱潮

夏之樂

福地福貓居

貓窩

森林祕境

炎夏午後
愛晒太陽的貓咪
也有想找涼快的時候

划著小舟
來到林間深處的湖泊
湛藍湖水透徹見底
卻見不到一條魚
也好　這樣才可以專心的
發呆　睡覺　讀一本書

蟲不鳴鳥不叫
天地安靜地像一首詩
美好的情境
終於還是被
貓的呼嚕聲劃破寧靜

夏之樂

一葉扁舟

極樂貓生活

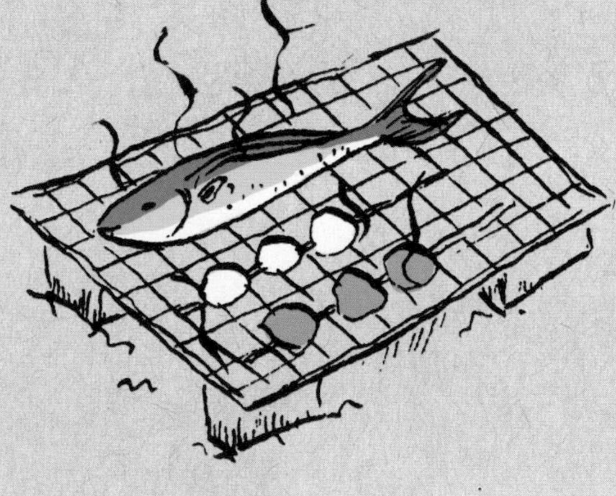

秋之詩

貓的旅行大夢

廊簷下的風鈴噹噹作響
貓從夏天的慵懶醒來
背脊鼻頭一陣舒爽
蹬腳一個懶腰伸得好長好長

一陣風起　貓瞇著眼
任秋風翻閱過每根毛髮
然後帶走一團團毛茸茸的飛絮
邀約飄落的紅葉
去一趟未知的旅行

秋天是適合遠行的季節啊
貓的小腦袋想著
身體卻一動也不動
因為對貓來說
一串烤糰子的美味
一場美妙的午睡
就可以帶他們神遊
去埃及貓神殿
去宇宙貓星球

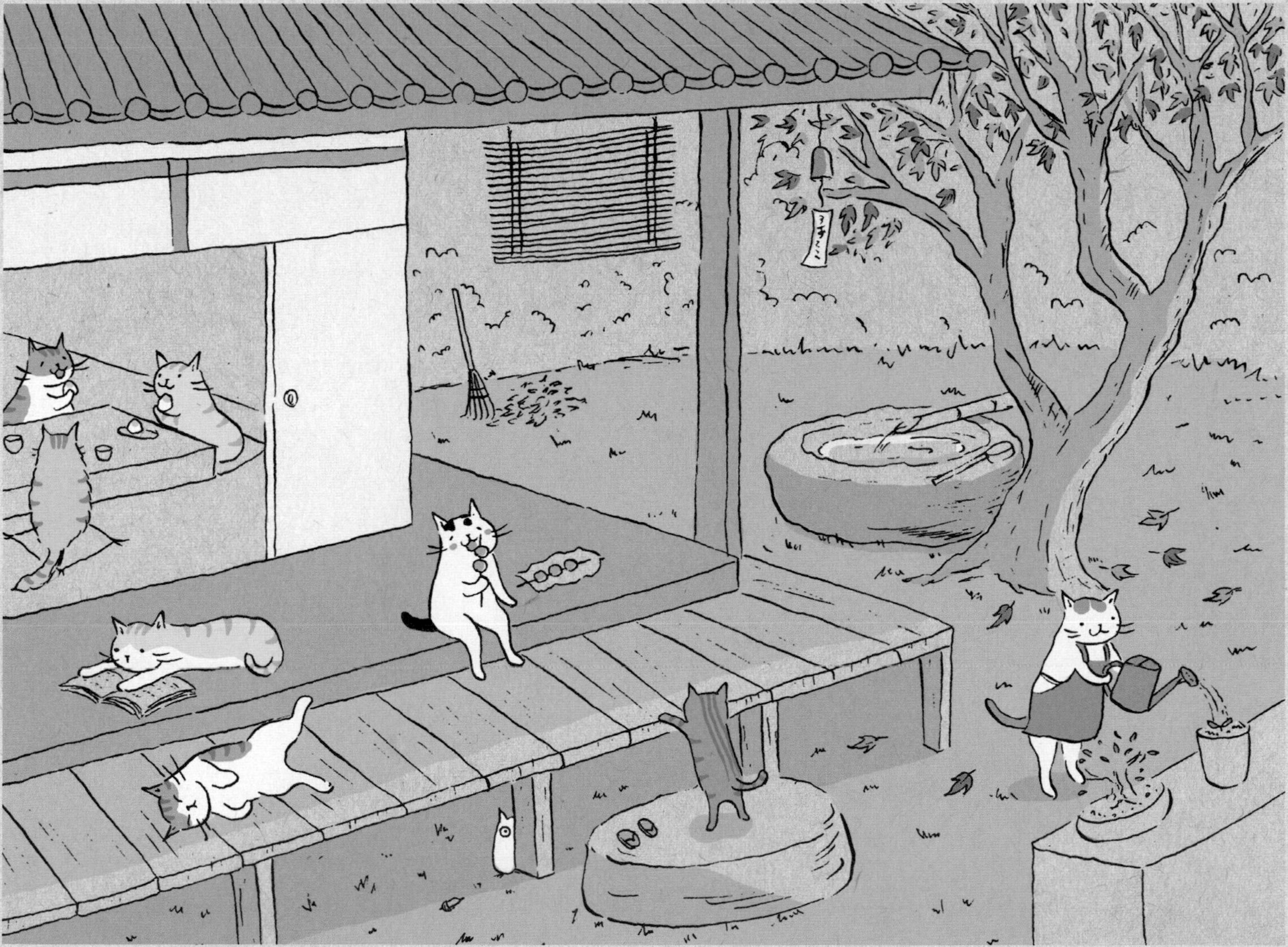

森林裡的躲貓貓

落葉厚度超過貓的身高時
就是玩躲貓貓的季節
每隻貓都是天生玩家
卻沒有貓喜歡當鬼
任誰都想躲進厚實的落葉堆

數到十　貓都躲好了
森林只剩葉片飄落的聲響
偶爾堅果掉落
砸中某隻倒霉鬼
喵的一聲尖叫
只好乖乖當下一個鬼

其他的貓呢
八成都睡著了
這是一個無趣的遊戲
沒有秩序沒有規矩
明年誰還要玩呢？
每隻貓都喊「我要」！

秋之詩

野貓食堂

野貓食堂所有的料理
都是真正的野味
塗上主廚的私房魚釀
經過三道手續燒烤
滿室生香

月上枝頭　食堂才開張
老饕貓卡位搶板凳
呼喚貓小二
魚啊酒啊都趕緊端上

兩條烤魚啃淨
三杯貓酒下肚
喵喔嘿唷咪咪唷
認識的不認識的
都划起了貓拳

天快亮了
醉鬼貓鼓脹著肚皮
還賴在食堂
老闆只好拿出逗貓棒
把無賴貓一屁股轟出食堂

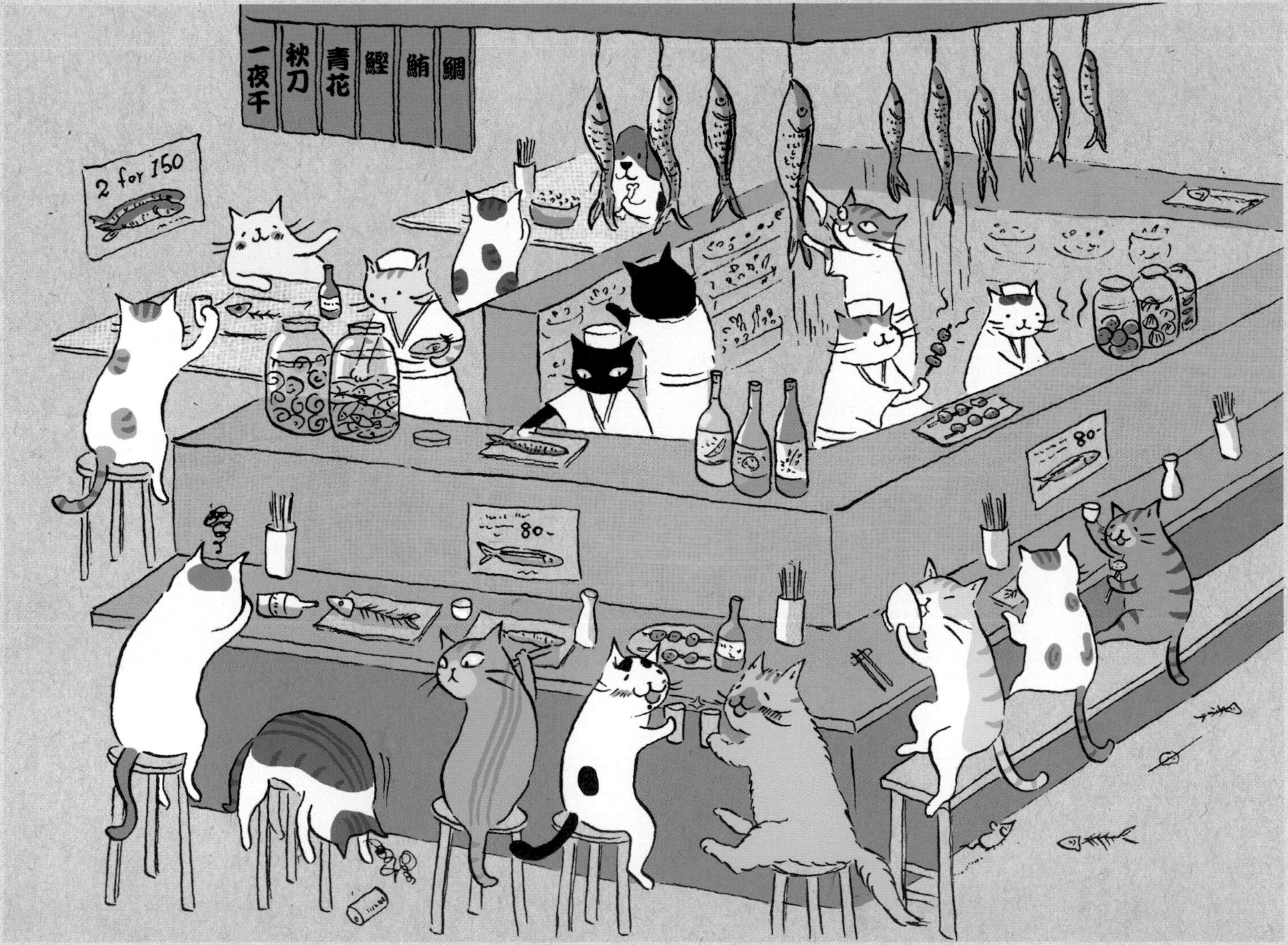
一夜干
秋刀
青花
鰹
鮪
鯛
2 for 150
80~
80~
80~

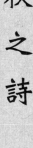

秋天進補

鎮上的中藥鋪只有一家
已經傳了108代
五個月大的小貓
就要開始學著認識中藥
一歲大就要跟著上山採藥

秋天是中藥鋪生意最好的季節
貓咪趕在冬天前補補身子
尤其是那些腸胃虛弱
怎麼吃都不胖的小貓仔

貓掌櫃忙得很
照著客人給的方帖
熟練地從藥櫃取藥
一帖帖仔細分類包好
用細麻繩綑起

偏偏來見習的小貓不是搗亂
就是躲到藥櫃子裡呼呼大睡
怎麼都看不出
以後會是百年藥店的傳貓

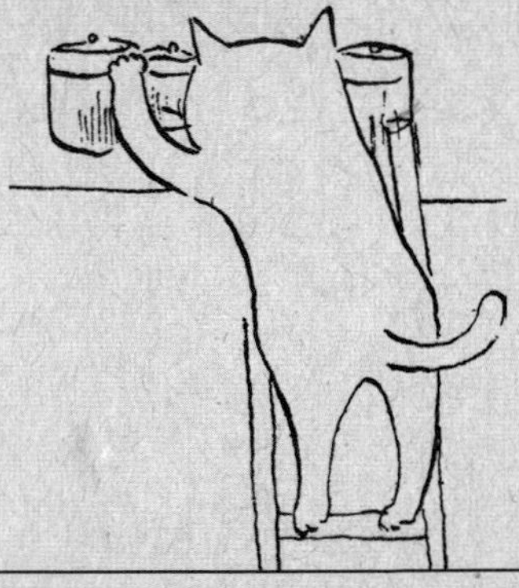

秋之詩

鮮魚癡漢

清早的魚市場
魚舖正忙
海鮮剛從港口運來
伙計忙著清理擺放

老顧客還沒上門
小偷貓先來光顧
「等太陽出來，魚可就不新鮮了」
有些貓天生是鮮魚癡漢
寧可大清早犧牲睡眠
也要偷一尾港口直送
最青的魚來嘗嘗

鮮魚癡漢擁有驚人的鮮魚鑒賞力
只是他們多半好吃懶做
寧可晃蕩打游擊
也不肯當魚舖的伙計

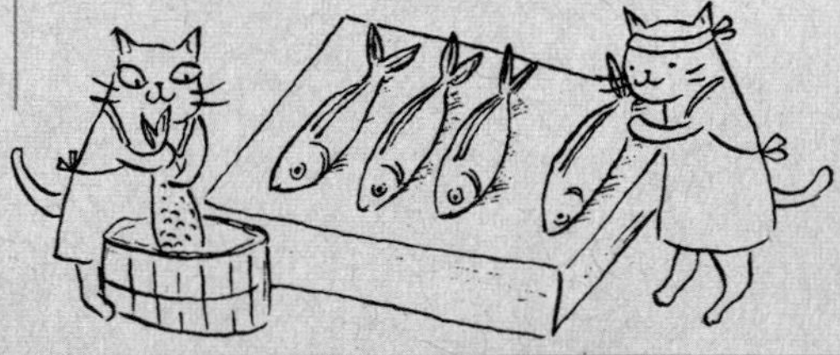

貓味噌

吃不完的魚除了晒成魚乾
還可以製成貓味噌
來口貓味噌　快樂似神仙
是貓味噌工廠的標語

以木桶天然釀造
有海洋生物的精華
有陸生植物的營養
好的貓味噌一釀十年
開桶的日子
全鎮貓咪都瘋狂

試吃員是精挑細選的虎鼻師
不完美的發酵
別想通過他們的味蕾
只見他們穿梭工廠
小鼻子上下顫動
腮幫子鼓啊鼓的

當虎鼻師伸出舌頭
滿足地在鼻頭繞上一大圈
老闆就知道
這又是一次完美的發酵

貓沙浴場

還沒到泡貓湯的季節
怕冷的貓兒已等不及要取暖
華燈初上的深秋
貓兒提著整籃雞蛋
上貓沙浴場去
別誤會
他們可不是去嗯嗯噓噓
而是去體驗去角質的沙浴
濱海小漁村運來的沙子
經過地熱熏烤
蒸騰著海潮氣息
熱呼呼沁入萬千個毛細孔

不知是哪隻貓帶頭
把雞蛋埋進沙裡
從此這極致美味
就成了來貓沙浴場
非吃不可的經典美食

海洋貓神祭

海洋貓神祭
每年秋天盛大舉行
貓神嘴咬大魚　伸爪招福氣
祂手上的逗魚棒
可是祈求魚兒蝦蟹肥美的利器

被選上抬轎的
都是家族龐大的壯丁
還有生生不息的母貓
象徵豐收的好預兆

嘿咻嘿咻穿過大街小巷
貓咪信徒瘋狂膜拜
搖搖擺擺的神轎繫滿魚乾
免費供信眾索取

戴上河豚章魚頭套的小貓
一路搖擺好不神氣
這可是他們參與祭典的頭一遭

秋之詩

貓咪棉被行

貓咪準備過冬
棉被行七手八腳
忙著為客人彈一床好被

彈好的棉被套上大花布
搬上閣樓曬太陽
閣樓有個不能說
大家卻都知道的祕密

中午時分　小窗開了個縫
偷偷摸摸地
貓一隻接著一隻鑽進來
他們都知道
棉被店是睡午覺的天堂
曬得暖烘烘的新被子
蓬鬆蓬鬆
鑽進被窩心裡去
變成貓咪卷心酥
光聽起來就麻酥酥

最後　賣出去的每床棉被
都沾滿了路貓甲的毛
搞得客人很毛

貓涼好個秋

睡睡平安

冬之旅

賞雪的日子

初雪
落在清晨最安靜的時分
推開紙門　端坐廊簷
沏一壺茶　裹上棉被
迎接冬天的第一場雪

松樹上　岩石上　水面上
雪花落地是有聲音的
只有敏銳的貓耳朵聽得見
而初雪時候許的願
據說都會實現

貓掌在棉被暖爐桌下
舒服地開著掌花
卡滋～咬下烤仙貝的聲響
劃破了初雪的寧靜

冬之旅

神祕貓湯

有一池神祕的野貓湯
只在雪季滿水滾燙

翻山越嶺朝聖的貓
撲通撲通
趕著下一鍋暖呼呼的貓湯餃

每隻貓餃子都煮出了紅暈
誰也不想起身離開
聽說夜裡會下雪
他們在等待

雪花落在貓毛上的觸感
據說是最完美的搔癢體驗
每隻貓這輩子
一定要感受一次

浮世好湯

琉雪豐貓

深夜的魚湯

凌晨兩點
榕樹下魚燈點亮
小吃攤爐火正旺
鍋裡翻攪的
是熬到魚骨酥化的鮮魚湯

深夜的客人還真不少
一碗下肚　腸胃溫飽
再來一碗　疲憊全消
要去的地方再遙遠
都有力氣向前跑

冬夜獨行
最渴望溫暖的依靠
暖心深夜食堂
只給一隻旅行的貓

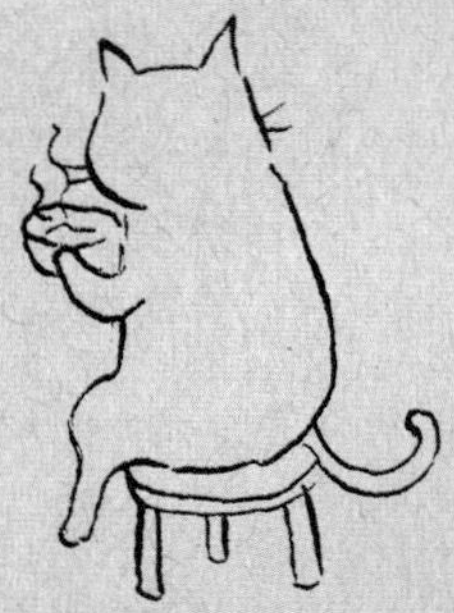

湯鮮味美

貓間美味

磨爪工廠

貓材行的老闆
是瘋狂的磨爪達人
走到哪　磨到哪
他的爪子總是剛長出來
就立刻磨個精光

阿里山神木　婆羅洲雨林
世界各國的森林
都有他的貓爪印

啪搭啪搭　他邊示範邊說
好的木材不只要手感好
還要有讓貓微醺的味道
裁切的大小比例
更關係到磨爪的快感

磨著磨著
貓老闆的指甲又見底了
哎唷　又得忍耐好幾天了

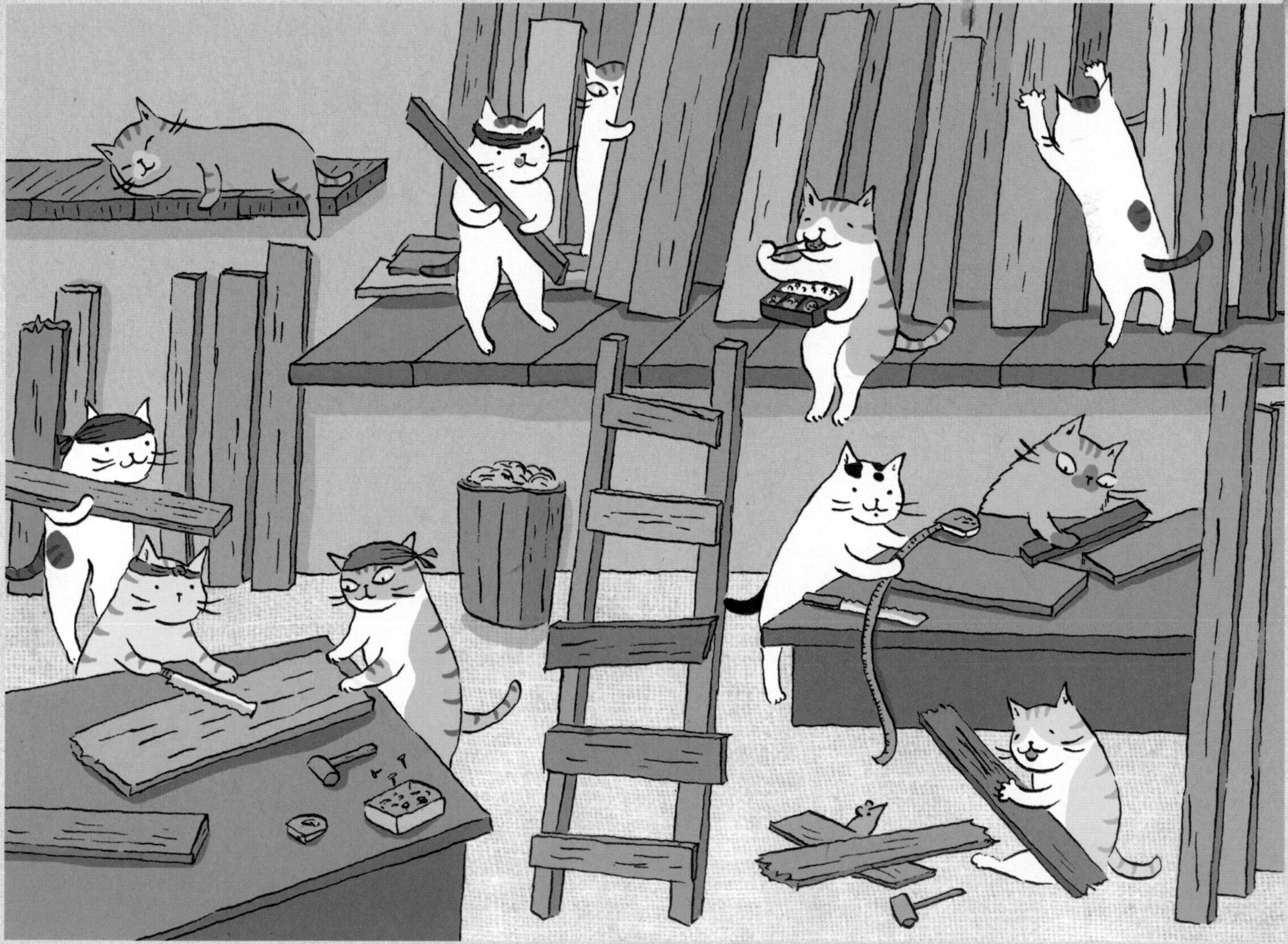

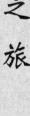

睡覺時間

要哄小貓睡覺
不是件容易的事
床邊故事講了好幾輪
小貓雙眼還是又大又圓

對他們來說
棉被枕頭不是睡覺用的
是玩遊戲的戰場
你在這頭　我在那頭
有本事你就來抓我

有時玩得太過火
把貓媽媽惹火
床邊故事從溫馨的三隻小貓
變成貓咪怪談裡的貓姑婆
小貓聽得背脊毛直豎
棉被蓋頭抖抖抖
媽媽拜託別再說
我睡囉我睡囉

冬之旅

晒棉被的好日子

陽光照得屋瓦發燙
怎能浪費晒棉被的好時光
棗紅　靛藍　湖水綠
條紋　花朵　小蜻蜓
好一場冬日棉被大賞

吸飽陽光的棉花柔軟蓬鬆
每件都想窩一窩躺一躺
貓毛也順便晒晒吧
滾一滾　翻個面　肚朝天
前胸後背　暖暖烤上一圈

一隻小貓躡手躡腳
捧著棉被跑到屋角
偷偷摸摸把棉被掛上樹梢
嘿嘿～大家都裝作沒看到
尿床嘛　沒什麼大不了
多尿個幾次
就不會害臊

冬之旅

年貨大街

貓山貓海　魚山魚海
來到年貨大街怎能不嗨
趕辦年貨的貓咪
把爪子放進魚堆拚命翻攪
搏個豐衣足食的好預兆

狂掃乾貨的顧客不少
趁亂白吃白喝的也很多
過年嘛　老闆心情大好
頭一扭裝作沒看到

多買點魚　年年有魚
貓老闆開口閉口都是這一句
因為他知道
這句話可以激起購買欲
套牢看到魚就兩眼發直的貓咪

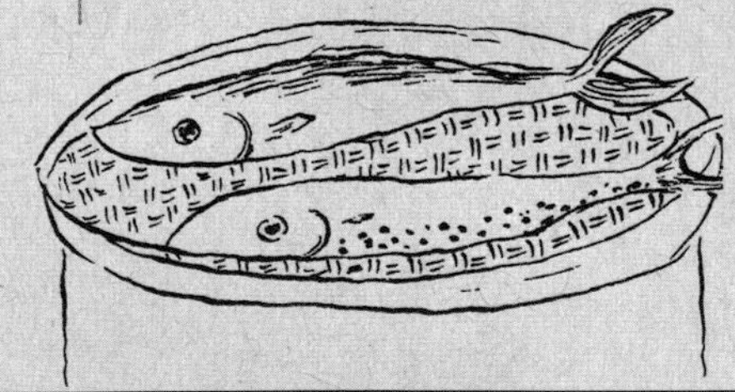

圍爐

年末燒烤圍爐
是貓咪最澎湃的一餐
魚貨無限量供應
爐火一整夜不熄
吃飽睡睡飽再吃
是迎接新年最狂熱的方式

柴火劈哩啪啦
象徵來年平安暢旺

烤魚香傳千里
預告明年貓事大吉

呼嚕聲此起彼落
代表今年圓滿如意

天光亮了　新年到了
爐火熄了　貓咪睏了
用睡覺迎接新年
是最美好的開始

新年禮物

新年第一天
雪還在下
悄悄的
雪地裡留下一排貓腳印
還有一隻雪貓

大家還睡得鼾聲大作時
阿咪拎著兩條圍巾出門
她用輕輕柔柔的貓掌
堆疊出一大一小的雪球
插上兩片樹葉　四根樹枝
在正中畫個圓圓圈
然後把小爪子伸進雪裡掏啊掏
掏出兩個小眼睛
最後替它戴上圍巾

這是她送給貓咪王國
所有貓咪的新年吉祥物
有了雪貓
貓咪王國
貓貓平安
日日美好

後記

這是一本貓咪的幸福之書。

在這個貓咪專屬的世界，沒有浪貓家貓之分，沒有麵包或自由的選擇，沒有高等與低下的對立。在這裡，可以懶散，可以優閒，可以樂在工作，可以享受生活。

曾經，我們的房子有屋簷，我們的小屋有前庭後院，生命有很多餘裕共處，人在屋裡閒忙，狗在庭院乘涼，貓在屋頂牆頭尋找光，分享一片土地從來不是困難的事。

城市在進化，平地起高樓，當人類連「腳踏實地」都困難的時候，這些依存在人類周邊的動物，四隻小腳更不知往哪兒擺。沒有圍牆可以彈跳，沒有屋簷遮風避雨，暗巷的車底輪邊，是他們暫時獲得喘息的地方。

曾經，貓咪的幸福俯拾皆是，小鳥、落葉、微風、陽光，生命在四季流轉中世代輪替，是再自然不過的事；而今，能找到小小的公寓棲身，窩在溫暖的電腦邊，似乎已是

莫大的幸福；至於那些在暗巷街角流竄的，等待夜深人靜有一雙手、一頓飯，一聲溫柔的呼喚，人貓之間，只剩車聲人聲俱寂後的短暫交會。

親愛的貓咪，我知道你們想要一個沒有人類干擾的世界，它不必大，因為再小的空間，你們都有辦法自得其樂。希望一年四季，你們各自有一個溫暖或涼快的家，架得高高的日式老房子最適合你們，透光的走廊可以把背晒得暖烘烘；屋頂可以睡午覺晒棉被，間間相通的和式房間最適合玩躲貓貓；暗黑的房子底下，供你們尋求無窮盡的樂趣。還有還有，到處都是可以盡情磨爪的木頭和榻榻米。

親愛的貓咪，希望你們永遠記得吃魚的樂趣，用靈巧的小舌頭感受海洋的氣息。貓餅乾口味花樣再多，都比不上一條靈活的魚兒游過。

親愛的貓咪，希望你們永遠記得爬樹的快活，在有微風吹襲小鳥跳躍的枝葉間午睡。貓跳台再高再華麗，都比不上一棵老樹的懷抱。

親愛的貓咪，希望你們永遠有戀愛的自由，在春天的深夜談一場轟轟烈烈的戀愛，情歌唱得人盡皆知，沒有人會開窗謾罵丟石頭，貓歌劇只請懂得欣賞的貴賓上座。

親愛的貓咪，一本書的篇幅有限，但想像可以無窮，願你們滿意我以半人半貓觀點為你們建構的，也許並不那麼完美的世界。

親愛的貓咪，如果你們喜歡這個世界，希望你們慷慨邀請其他動物加入，分享，永遠是生命中最美好的一部分。

結廬在人境的貓小姐

家庭
洋裁
6

浮世貓絵

浮世貓繪

作　者　貓小姐（部落格「貓小姐的光陰筆記」http://blog.udn.com/wyt1219）
責任編輯　吳欣庭
美術編輯　劉曜徵
封面書法　杜玉佩
封面設計　劉曜徵
總 編 輯　謝宜英
行銷業務　張芝瑜
業務專員　林智萱
出 版 者　貓頭鷹出版
發 行 人　凃玉雲
發　行　英屬蓋曼群島商家庭傳媒股份有限公司城邦分公司
104 台北市民生東路二段 141 號 2 樓
劃撥帳號：19863813；戶名：書虫股份有限公司
城邦讀書花園：www.cite.com.tw 購書服務信箱：service@readingclub.com.tw
購書服務專線：02-25007718～9（週一至週五上午 09:30-12:00；下午 13:30-17:00）
24 小時傳真專線：02-25001990；25001991
香港發行所　城邦（香港）出版集團／電話：852-25086231／傳真：852-25789337
馬新發行所　城邦（馬新）出版集團／電話：603-90578822／傳真：603-90576622
印 製 廠　五洲彩色製版印刷股份有限公司
初　版　2014 年 11 月　初版七刷　2016 年 5 月
定　價　新台幣 320 元／港幣 107 元
ＩＳＢＮ　978-986-262-224-7

讀者意見信箱　owl@cph.com.tw
貓頭鷹知識網　http://www.owls.tw
歡迎上網訂購；大量團購請洽專線 (02)2500-7696 轉 2729、2725

國家圖書館出版品預行編目 (CIP) 資料

浮世貓繪 / 貓小姐圖文 . -- 初版 . -- 臺北市 : 貓頭鷹出版 : 家庭傳媒城邦分公司發行 , 2014.11
面；　公分
ISBN 978-986-262-224-7(精裝)

855　　103020306

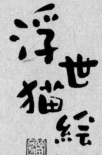

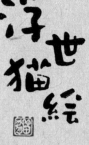